OSMAN-BEY (Major)

LES

CASERIOS

INVISIBLES

(Dans Carnot, on a voulu frapper la France)

DIJON

H. HAAS, LIBRAIRE-ÉDITEUR

1, PLACE D'ARMES

1894

OSMAN-BEY (Major)

LES

CASERIOS

INVISIBLES

(Dans Carnot, on a voulu frapper la France)

DIJON

H. HAAS, LIBRAIRE-ÉDITEUR

1, PLACE D'ARMES

1894

LES CASERIOS INVISIBLES

CONFÉRENCE

donnée à Dijon le 22 Juillet 1894

Mettons phrases et arguties de côté, et nous expliquerons aisément toute l'intrigue qui gît au fond de cet abominable délit.

Commençons par esquisser le complot, car il y a bien eu complot.

COMPLOT

Le nommé Tiburzio Stragetti, plus un autre compatriote à lui, furent expulsés de Lyon, en date du 25 décembre 1893.

Ces deux types, plus que suspects, se rendirent en toute hâte à Cette, droit chez Caserio, qui se trouvait à l'hôpital.

Entre les trois s'engagea une discussion fort animée (en patois milanais) : personne n'y comprit rien dans le dortoir.

Averties de la présence de ces individus, les autorités de Cette les expulsa le 27 janvier. Ils s'en retournèrent en Italie, l'on suppose, par la voie de Marseille.

La police française étant en possession du signalement de Tiburzio, pourquoi ne l'a-t-elle pas fait rechercher ?

Et Crispi, pourquoi est-il resté inactif de son côté ?

Ce sont là des questions pas du tout saugrenues. Mais les réponses, on ne les aura qu'au dernier jugement.

De ce Tiburzio on n'en parle pas.

Et pourtant ce personnage rôdait autour de Lyon, pendant que l'on hâtait les travaux de l'Exposition.

Et cet autre type qui s'est suicidé de crainte d'avoir du fil à retordre avec le juge d'instruction !

Donc, la version qui nous montre Caserio

solitaire est inadmissible. Il y a eu complot ; même gros complot, dont les aboutissants, les racines, dépassent les frontières.

Quel besoin y avait-il, dira-t-on, de courir jusqu'à *Cette* pour trouver un assassin ? Pourquoi a-t-on choisi tout spécialement ce garçon boulanger ?

D'abord parce que Caserio est assassin de bonne souche, aux nerfs éprouvés (son oncle, célèbre par ses crimes, est au bagne depuis vingt ans).

Ces races d'assassins ont leur valeur auprès des experts ; c'est la théorie d'atavisme.

Et ensuite parce que, se trouvant sur les lieux, Caserio pouvait mieux faire le coup et s'évader ensuite.

LE VOYAGE DE CETTE

D'après les récits donnés, par la presse Caserio avait à peine de quoi faire le voyage. En effet, on n'a trouvé sur lui que dix-huit sous.

C'est de la mise en scène pour paraître tout à fait désintéressé, un Brutus. Est-ce possible qu'un qui vient en aide *généreusement* à ses compagnons avec les cinq et les dix francs, se soit trouvé à court au moment où il s'apprêtait à jouer un rôle de tragique? Certes non : ce n'est ni logique, ni admissible.

Quant à sa marche forcée de Vienne à Lyon, elle s'explique parfaitement. Ce n'est pas le manque d'argent qui à poussé Caserio à cela, mais bien la crainte d'être reconnu et arrêté. Ainsi en allant à pied à Lyon, il était sûr de ne pas être aperçu et de ne pas manquer, par là, sa victime.

Ce voyage de Vienne à Lyon n'est donc qu'une marche dérobée de l'assassin, savamment calculée.

LE CRIME

Rien de plus mystérieux! Un étranger, imberbe, ne connaissant que vaguement Lyon, dans l'obscurité trouve son chemin, — passe à travers une foule houleuse, — atteint celui que des milliers, en vain, cherchent à voir, à approcher. Sans complices, cela n'est pas possible.

Dans une conspiration entrent trois facteurs : 1º le pouvoir qui médite et commande. (invisible) : 2' la direction de l'exécution ; 3º l'exécuteur, l'assassin.

Examinons l'assassin.

Caserio parle à peine français, — c'est un Italien pur, — il reflète exactement l'état d'esprit de son pays, — il ne sait qu'une chose, — Carnot est un tyran ; il faut l'abattre ! — Au point de vue italien, c'est ça. — Le Président de la République française, est un affreux tyran, — la pression financière qui étouffe l'Italie, ne vient-elle pas de lui !

N'est-ce pas là le point en litige entre les deux nations ? L'Italie veut obtenir des facilités, du crédit ; et la France s'y refuse, et de plein droit.

Ici Caserio et Crispi se donnent la main.

N'est-ce pas Crispi qui a pris sur lui de combattre la France pour lui arracher des concessions financières ? Tous ses collègues ont échoué : lui s'est fait garant que d'une façon ou d'une autre il y parviendrait.

A bout de ressources, Crispi reprend ses vieilles pratiques de conspirateur. La direction de l'exécution du crime de Lyon remonte-t-elle jusqu'à lui? L'attentat de Léga semble avoir été monté exprès pour permettre à Crispi de s'écrier : « Vous voyez, on en veut à moi aussi ; ah ! ces canailles d'anarchistes ! »

Rien de plus comique que cet attentat de Lega. Le figurant se promène pendant trois heures sur le trottoir de Via Capolecase, où l'on ne rencontre que des signori et des étrangers, en fort petit nombre du reste.

Comment se fait-il que les polizotti ne l'aient remarqué? Ce coin de rue est en plan incliné, comme un éventail : rien donc n'échappe à l'œil de ceux qui veulent voir, bien entendu. On devine quelle consigne ont dû recevoir ceux qui veillent à la sûreté du premier ministre. *Lascialo passà !*

La vérité vraie est que, soit l'anarchie, soit le nihilisme se prêtent admirablement bien à la confection de coups, pour le compte des hommes d'Etat peu scrupuleux.

C'est à ce jeu diabolique que l'on jouait en

Russie ! moi, je mis un terme à la comédie. D'une seule rafle je fis empoigner 56 comités nihilistes. Une fois le terrain balayé, Alexandre III célébra son sacre sans accidents.

Notez : les fils de la conspiration étaient à l'étranger, bien loin. Il en est de même avec l'anarchie. Et les piou-pious de l'anarchie ne s'en doutent même pas !

Venons aux Satans, invisibles, qui méditent et commandent. Ceux-ci sont à Londres, pas ailleurs — pour cette bonne raison que l'Angleterre ne vit que de révoltes et d'assassinats — lord Rosebery le dit clairement (en réponse à lord Salisbury).

« Des mesures d'expulsion avaient été adoptées en 1848 et en 1882, mais elles n'ont jamais été appliquées. Pourquoi vient-on, à une époque de tranquillité profonde, nous demander d'abandonner *notre manière de faire, qui a si bien réussi* ».

Fichtre ! qu'elle réussit bien, cette manière de faire, qui consiste à faire assassiner tous ceux qui gênent l'Angleterre ! ! !

Plus bas le lord receleur d'assassins, ajoute :

« Si cette loi avait été en vigueur en 1848 et en 1860, l'Angleterre aurait été obligée d'expulser Mazzini *(et son sectaire Crispi ; mais Rosebery se garde bien de proférer ce nom).*

« Quel dommage d'expulser Mazzini et sa bande de sicaires ! Si cela avait eu lieu, l'Italie ne serait pas ce qu'elle est aujourd'hui, l'esclave que l'Angleterre traîne par les cheveux. Quel dommage ! quel dommage ! »

ERRATA

Quelques fautes se sont glissées dans le compte rendu de la conférence. En voici la rectification :

« Si cette loi avait été en vigueur en 48 et en 60, l'Angleterre aurait été obligée d'expulser Mazzini (et son sectaire Crispi : mais Rosebery se garde bien de proférer ce nom). »

C'est *secrétaire* qu'il faut lire et non *sectaire*, car Mazzini étant expulsé, son secrétaire, son bras droit Crispi, aurait dû filer également : l'unité italienne se serait vue compromise : et l'Angleterre aurait perdu toute chance de bouleverser la péninsule pour la transformer en pont, qui lui permit de tenir mieux en mains l'Inde et accrocher l'Egypte.

Pour faire passer leur *malle des Indes*, les Anglais n'ont pas hésité à bouleverser et ruiner l'Italie de fond en comble. Ils sont pratiques : il n'y a pas à dire.

Le réseau de l'Adriatique a été construit exprès pour eux. Comme il ne rapporte rien, ce sont les contribuables italiens qui doivent en solder la différence.,

C'est ainsi que l'Angleterre se fait rembourser les bifsteks dévorés par les réfugiés et les conspirateurs, ses hôtes ! de 1852.

C'est ça, qui fait exclamer à lord Roseberry : " Comme ça a bien réussi ".

Mazzini, Crispi, Orsini, le général Pepe, Alberto Mario, Scelsi, Persano, etc.. en l'an de grâce 1852, n'avaient même pas de quoi se régaler de la vache enragée et des *potatoes*. Le duc de Southerland, conspirateur à long cours, souministrait des fonds à toute cette bande d'affamés, contraints à vendre leurs pays à l'Angleterre. Pour mieux les lier, on passa même des femmes anglaises à plusieurs de ces *disperati*. Ainsi on était plus sûr de les avoir en main.

Mazzini et Crispi habitaient une petite cabane de paysan, sise à Brompton, au milieu des jardins potagers. Pour arriver à ce taudis, il fallait longer un sentier entre de hautes haies : un vrai coupe-gorge pendant la nuit et les brouillards.

Quelle différence entre ce refuge de brigands et la villa splendide qu'occupe maintenant à Naples le dictateur sicilien !

ORIENT

Si de l'Occident nous tournons nos regards vers l'Orient, là le spectacle devient effrayant. Dans ces régions bénies par le soleil, l'importation des cotonnades de Manchester reste bien au-dessous de celle des crimes, qualifiés politiques.

Le Foreign-Office, la Société Royale de Géographie et la Société Biblique aussi, un peu, sont les trois grands ateliers d'où l'on débite ce genre d'industries, *franco*.

En voici quelques spécimens, portant la marque de fabrique. " Dieu et mon droit ".

Empoisonnement du Sultan Mahmoud II, pour avoir voulu s'allier au Russes. L'opérateur était un médecin anglais, complice de lord Beaconsfield (1840).

Etranglement du Sultan Abdul-Aziz, pour ne pas avoir voulu déclarer la guerre aux Russes. Opérateurs, deux médecins anglais, 'les inventeurs brevetés des suicides aux ciseaux (1876).

Disparition d'une douzaine de témoins gênants notre ; mère (la pauvre !) est du nombre.

Mauvais café administré au Khédive Tevfik, pour s'être refusé de faire élever ses enfants à l'anglaise. —Qui n'est pas pour nous est contre nous ; évacuez donc la place ! — lui dirent les agents britanniques : et le pauvre Tevfik dut déménager au mausolée de ses pères.

Son arrêt de mort fut signé le jour où le Khédive se permit d'éconduire M. Mitchel, le professeur que le duc de Southerland avait choisi pour les jeunes princes.

Le vieux conspirateur mazzinien n'était pas

d'humeur à pardonner l'insulte faite à lui,
dans la personne de son beau-frère !

Dam ! blast ! Tevfik ! s'écria le duc furi-
bond : et Tevfik tombait peu après foudroyé.

En 1885 j'ai approché le défunt : je con-
naissais intimement aussi son confident Tahir-
Pacha. Ce que j'avance vient donc de source
directe.

A l'approche d'un Anglais, Tevfik ressentait
des frissons ; de même que l'agneau tremble
de la tête aux pieds, en écoutant glisser le
boa-destructor.

Le malheureux pressentait sa fin !

Et les Français, ingénus, qui n'ont jamais
pu s'expliquer comment les Anglais font
pour mener les choses si rondement dans
l'Inde, en Turquie, en Egypte, etc. !!

Ma foi, c'est bien facile. Faites disparaître
tout ceux qui vous résistent, engraissez les
chiens qui sont prêts à vous lécher les pieds
et vous devenez vite le maître du monde.

Mais pour faire ce métier avec profit, il faut
être doué de nerfs robustes et d'une conscience
des plus élastiques.

Point de sentiments, point de scrupules.

Par malheur, l'organisme du Français, son

tempérament, ne se prête que fort mal à des rôles de ce genre, qui réduisent l'homme au niveau des bêtes féroces.

L'Anglais est copié sur ce type, parmi les bipèdes il n'a point de rival.

Et la Bible !... la lise qui veut, pour se consoler ?

Quant aux massacres, il a été constaté qu'ils précèdent invariablement la main mise sur une proie quelconque de la part des Anglais. Comme le tonnerre, ils préconisent la foudre.

Ainsi, les massacres bulgares devancèrent l'apparition des jaquettes rouges à Chypre : de même que les massacres d'Alexandrie amenèrent la descente immédiate des obus de lord Seymour. Enfin le sort de l'Ouganda et de la région équatoriale vient d'être scellé, à la suite du massacre des catholiques à la peau noire.

L'on conçoit que tous ces coups montés et réunis, ont suggéré à lord Rosebery l'heureuse phrase — *notre manière de faire, si bien réussie !*

DERNIÈRE HEURE

Podreider, l'avocat de Caserio, base sa défense sur la folie héréditaire : vu que le père de l'assassin était épileptique et que deux de ses cousins sont atteints de folie. *De l'oncle archi-assassin, pas un mot.* Évidemment ce côté de l'hérédité ne fait pas l'affaire ni de l'avocat, ni de ses commettants.

A quoi visent-ils par cette défense? devinez!

1° Réduire la tragédie de Lyon aux proportions d'un simple accident de voiture ;

2° Arracher du front du président patriote la couronne du martyre ;

3° Mieux cacher les *Caserios invisibles.*

Ce qui soutient et au delà notre thèse, savoir : (que le crime de Caserio a un caractère exclusivement national et nullement anarchiste), c'est le fait qu'à Milan, tant soit la famille de Caserio que ses compagnons de métier, tous en masse prennent fait et cause pour lui.

Aucun d'eux ne dit : « C'est un détestable assassin ; lavons-nous les mains. » Au contraire, par leur attitude, ils semblent dire, tous :

« C'est un des nôtres qui a tué un ennemi, défendons-le jusqu'au bout ! »

Donc, dans ce cas tout spécial, l'anarchie reste dans l'arrière-plan : elle ne sert que de prétexte à un crime dont le mobile est tout autre : la haine profonde, qui malheureusement, sépare les deux nations.

Qu'on ne se fasse pas d'illusion là dessus. Pour les masses, Caserio est un héros : il a vengé la patrie en terrassant l'Holopherne français. Les larmes officielles des Dufferin et des Ressman valent ce qu'elles valent.

Les crocodiles en font autant, à la fin de chaque repas abreuvé de sang !

CONCLUSION

Mais revenons à la haute politique,
Pourquoi les Anglais et leurs coryphés les

Italiens en voudraient-ils à la France? Voici la liste de leurs griefs :

1° Création d'un ministère des colonies et d'une armée coloniale ;

2° Expansion vers la vallée du Nil ;

3° Dénonciation du traité Congolais ;

4° Pression financière exercée sur l'Italie ;

5° Le canal des Deux-Mers.

En voilà assez pour armer le bras de Caserio ! ! !

Par rapport à ce dernier point, le canal, nous devons faire observer que l'Angleterre fera tout au monde, afin d'en entraver l'exécution.

A quel jeu joue-t-on, après tout? La France ne vise à rien moins qu'à arracher aux Anglais la suprématie dans la Méditerranée. Ceux-ci se croiseront-ils les bras? laisseront-ils faire? certes non !

Qu'on ne se fasse point d'illusion là dessus en France.

Comme l'on voit, si Carnot a illustré son règne en prenant l'initiative dans des entreprises gigantesques, s'il a agi en vrai patriote, il s'est attiré par là même le courroux des ennemis de la France,

Pour eux, sa présence était de trop !

Ainsi la France se voit arrêtée court ; et Anglais et Italiens vont de l'avant.

Aussi, que voyons-nous ? La France est plongée dans le deuil, pendant que les Italiens vainqueurs atteignent le Nil, et les Anglais exultants en accaparent les sources.

Achever la conquête de l'Afrique : ériger l'empire d'Orient à la barbe de la Russie et de la France, c'est le but des Anglais. Frapper la France dans son chef, c'est le moyen.

En concluant, le major a exhorté les Français à mettre un terme à leurs dissentions et à se serrer en faisceau autour de leur gouvernement. C'est seulement comme cela qu'on repousse les charges de la cavalerie ennemie.

OSMAN-BEY.

Dijon, 23 juillet 1894.

Imprimerie Barbier-Marilier, 48, rue des Forges, Dijon.

Du même Auteur :

PARTAGE DE L'AFRIQUE

Selon la Fable d'Ésope

———

Prix : 1 Franc

———

NICE
A L'IMPRIMERIE NIÇOISE
1894

Imprimerie Barbier-Marilier, 18, rue des Forges, Dijon.